김용택

2021. 07. 12

문학과지성 시인선 555

나비가 숨은 어린나무

김용택 시집

문학과지성사

문학과지성 시인선 555

나비가 숨은 어린나무

초판 1쇄 발행 2021년 6월 14일
초판 2쇄 발행 2021년 6월 21일

지 은 이 김용택
펴 낸 이 이광호
주　　간 이근혜
편　　집 박선우 최지인 이민희 조은혜 방원경
펴 낸 곳 ㈜문학과지성사
등록번호 제1993-000098호
주　　소 04034 서울 마포구 잔다리로7길 18(서교동 377-20)
전　　화 02)338-7224
팩　　스 02)323-4180(편집) 02)338-7221(영업)
전자우편 moonji@moonji.com
홈페이지 www.moonji.com

ISBN 978-89-320-3869-8 03810

문학과지성 시인선 555

나비가 숨은 어린나무

김용택

시인의 말

바람이 불던 날이었습니다
나비가 날던 곳이었습니다
돌멩이를 힘껏 던지던 강가였습니다
태어나지 못한 말들이 고단함을 이기지 못하여
몇 자 따로 적었습니다

2021년 여름
김용택

나비가 숨은 어린나무

차례

시인의 말

어린 새들의 숲

올해 태어나 자란
어린 새들이
앳된 울음으로
나뭇가지 사이를 날아다닌다

신비로운 첫 서리,
당신이
처음입니다

날개 곁으로

아침이 아침으로 밤이 밤으로 그리하여 너를 지나 드디어 내가 돌아가고, 돌아가고, 돌아가는 그곳, 모든 이들이 알고 있는, 모든 이들이 다 가는, 모든 것들의 곁, 바람 같은 봄날이 나비 나는 봄날을 지나 산제비꽃 핀 몇 개의 무덤을 지나 검은 바위 넘어 바람이 쉬는 날개 곁으로

너와 상관있는 말

새벽하늘을 올려다,
다 보았다
별들이 반짝였다
죽지, 않을 것 같다
꼈다 죽었다 별들은
내 새벽의 어디서 살다 간다
생각을 다 모아봐도, 내 어디인지 모른다는 그게,
좋다
영원으로 가는 길은 실은 별들의 사이 같다
왼손은 아껴둬, 별들의 사이에서 태어나 강을 건너온
흰나비가
우리 집 마당 붉은 모란꽃이 되는 게, 시야
오, 저런, 그 색이 아니야
그건 연애가 아니고
작약꽃이지
내 그리움이 봄바람을 타는
특이점을 나는 알아
사랑을 가리킬 때만
오른 손가락을 더 사용하자

그러니까
멀고 먼 안개 속에서 물소리가 꿈결 같다
떨어지는 잎을 잡을 수 없는
가을날의 나무들을 올려다보자,
했다

나비가 날아오르는 시간

교회당 종소리가 다섯번째 울리면
나는 사과밭으로 달려갈 거예요
그 종소리가 끝나기 전에
사과밭 셋째 줄 여섯번째 나무 아래 서 있을래요
오세요
종을 여섯 번만 치고
그 종소리가 끝나기 전에

나비는 얼마나 먼 데서 달려오다가 날개를 달고 날아올랐을까요

산문시, 그리고 아이

그리고

강 길을 걸으면 어린 산이 따라올 때가 있다 어린 산이 따라오면 돌아보며 이리 오라고 손짓을 한다 그러면 어린 산이 얼른 몇 발자국 달려와 내 손을 잡는다 돌을 집었느냐 손바닥이 차구나 새들이 조용한 날이면 물가에 앉아 어둠이 빠져나간 흰 돌들을 건져 멀리 띄워 보낸다

그리고 집에서는

별들이 이슬을 마시는 새벽에 깬다 새벽하늘에 목마른 바람 소리, 달과 별 사이, 나는 고요히 빛나는 그들의 질서에 조심한다 나는 달이 하는 몇 가지 일을 알고 있다 어둠이며, 밤이며, 별들이여! 나는 잠든 바람 속에 잠든다

그리고 너는

곤히 잠든 아이 머리맡에 앉아 반짝이는 별이다

아침 별

우리 집 서쪽 하늘로 달이 가고 있다 그 속에, 별도 데려간다 별들은 하늘에서, 어느 날은 다르고 어느 날은 또 다르다 나는 그 다른 날들의 별을 바라보며 무엇인가를 추억해내 행복해하고, 무엇인가를 기억해내놓고 개구리처럼 멀리 뛰며 괴로워한다 생각해보면 별이 없었던 하늘도 있었다 그러면서 나는 마음을 달래 별 아래 놓아둔다 아침 별들은 슬픔이 가득 찰 때까지 눈을 감지 않는다

지나간 것들은 이해되어 사라져간다

물새는 살얼음을 쪼아댄다 물 위를 걷고 싶다 물과 얼음은 직전이 소실점이다 파문은 파열음으로 얼음에서 나가고 싶다 앞발로 물을 내디뎌본다 물 위를 걷는 말은 아직 내게 오지 않았다 산을 본다 해가 조금 남아 있다 알고 있다 말로 살기에 우리가 너무 멀리 왔다는 것을 숲에서 나온 내 손이 내 손에게 차다

노란 꾀꼬리의 아침

내가 강물을 찍어 가는 일은 완벽해요
푸른 산 중턱을 쏜살같이 내려와
아침 강물을 찍을 때
한 점 물방울을 흘리지 않을 자신이 있어요
걱정하지 말아요
기운 한쪽으로 확실하게 가져갈 것이니까요

고요를 믿다

새들의 이동 시간은 이유가 있다
의존의 시간을 아는 선한 얼굴들
새들은 펼쳐진 정삼각형의 꼭짓점을 산술한다
풀잎도 휘어졌다가 일어서는
생존의 곡진을 긍정한다
겨울 강변에는
꽁지로 말하는
작은 새들이 날아다닌다
나는 오늘 하루를 이렇게 기록하였다
'오늘은 어제보다 멀리 가서 고요를 보고 왔다'
그리고 이렇게 이어 썼다
'나의 고요는 또렷, 명랑하였다
내일은 고요 속을 거닐 것이다'
고요는 번민의 손을 씻는 일이다
쉼보르스카의 시집을 폈다
이런 구절이 있어서 놀랐다
'불미스러운 일에 개입하지 않은 깨끗한 손을 믿는다'
지금은 새벽이어서
밤을 믿는 나의 뱁새들이

까만 돌을 물고
숲의 가장자리에
잠들어 있다

서정시

열네 살이었다 마을 사람들이 하얀 나무 기둥을 세우고 같이 올려다보았다 나는 강 건너에 있었다 우리 집이 되었다 어머니 아버지, 여섯 남매가 살았다 마루 밑에 들여놓은 고무신에도 눈이 쌓였다 아버지는 큰방 아랫목에서 숨을 거두어가셨다 큰아버지께서 규팔이가 가네, 규팔이가 가네, 크게 우셨다 시집온 아내가 이웃집 샘물을 길어다가 연기 나는 부엌에서 밥을 지었다 두 아이가 마루를 쿵쿵 울리며 뛰어다녔다 일흔두 살 때 순서에 따라 차례차례 집이 헐렸다 목재들이 차에 실려 고향을 떠나갔다 빈 집터에 바람이 불고 나서 달빛이 가득하였다 강에서 주춧돌을 짊어지고 오신 아버지가 빈 집터에 돌을 부려놓고 돌 위에 앉아 달을 보고 계셨다 하마터면 아버지 하고 부를 뻔했다 어느 날 목재들이 차에 실려 귀향했다 그때 그 기둥이 그때 그 모양 그대로 세워졌다 62년생 아내와 내가 바짝 서서 수직의 흰 기둥을 올려다보았다 밑동이 썩은 기둥과 추녀, 서까래와 중방 들이 수리되고 다듬어져 순서와 차례를 지켜 차근차근 맞추어졌다 그때에, 튕긴 까만 먹줄을 따라 모든 선線이 이어져 집이 옛날로 섰다 흙을 얹고 기와가 이어졌다 어머님께 기와가 이어진 집 사진을 보여드렸다 나도 저 속에서 죽고 싶다고 하셨다 첫 서리 지나 처마 끝 기왓장 난간 주름에 싸락눈들이 굴러 모여 희다 오늘은 큰 구름이 달을 두고 지붕 위를 지나갔다

아버지가 돌아가시고 이듬해 봄, 그러니까 1985년

보통날, 어머니는 나비를
나비라고 불렀지만
그해 봄, 봄 나비는
봄 나부라고 불렀습니다
아버지가 돌아가시고
어머니는 보리밭에 나가
나부야 나부야 봄 나부야
강을 건너오니라
강을 건너
보리밭 윗머리로 날아올라
장다리꽃에 앉으라고
나부가 나비가 될 때까지
나부라고 나비를 불렀습니다

참새들이 소풍 나간 집

집에서 나가
강가에 두 번 갔다 왔다
오리들이 노란 발로 물을 차며 날았다
나무 밑에 한 뼘 아기 나무들이 자라고 있다
나무가 태어날 때, 나는 시인이 아니었다
비가 왔다
나무가 될 씨는 젖었다
소쩍새가 울고 땅속의 뱀이 눈을 뜰 때
씨앗도 눈을 떴다
어두웠다 땅속에서
눈을 뜬 나무가 세상에 나올 때
봄눈이 왔다
아기 나무는 일 년 동안 아름다운 외줄기다
몇 개의 잎을 떨구고, 홑몸으로 서리를 맞고
겨울이 왔다
나무에서 가지들이 나왔다
가지들이 잎을 달고 별을 찾았다
나비가 날아와 앉아, 날개를 펴고 날아올라
강을 건널 때 시인의 집에서 강가로 옮겨 왔다

강과 나비, 나비는 강을 건너며
돌아보았다
저기, 저 집이 네가 살던 집이다
비가 왔다
바람이 불었다
나무는 지붕 위의 달과 어둠, 별들을 보았다
나비는 나무를 보았다
나무에게 다가갔다
나무가 말했다
손을 주세요
손이 왔다
그래, 나는
손이 나오는 것을 보면 지금의 너를 알 수 있다
나는 너를 안다
집, 그 집에
나무 밑에서 놀던
아이 둘이 있었지요
하나는 멀리 떠나고
하나는 지금도 나무를 지나 집에 들지요

소풍 나간 참새들이 해 넘어간 길로 부지런히 돌아
온다
아기 나무들을 나무 밖으로 옮겨야 한다 엄동인데
사람들이 붉은 딸기를 많이 가지고 왔다
이웃들과 나누었다

내가 사는 집 뒤에는 달과 밤이 한집에 산다

1

딸에게 올해 쓴
시들을 정리해 보냈다
문자가 왔다
“아빠 시 좋다
제목을 ‘꿈을 생시로 잇다’
이걸로 하면 좋겠다
‘일어설 수 있는 길’ 이 시 좋다
약간 혼잣말이 많은 것 같아
아빠에게 머물러 있고
아직 ‘여기까지’ 안 온 것 같은
그런 느낌도 있어요”
‘여기까지 안 온 것’ 같다는 말 중에 ‘여기’를 한 손에
‘까지’를 저 손에 들고 강으로 갔다
무슨 말인지 안다
날아가는 새에게 수긍하여주었다
오지 않았으니,
아직 하늘은 맑다

2

대천 가는 길 오른쪽 마을에 가을이다 쓸데없는 욕심을 산 뒤에 묻어둔 그만그만한 지붕들이 마을 하나로 잠잠하다 마을을 품에 다 안은 뒷산이 제일이고, 자기 몸을 논과 밭으로 내어주고 저만큼 멀리 마을을 나가 나지막하게 앉아 있는 앞산도 제일이다 집과 집 사이 중간중간 누구네 집 감 달린 감나무가 제일이고, 이런저런 존대 없이 정든 집들의 높이와 크기와 간격이 제일이다 논밭을 나와 마을 앞길로 모인 길들을 나누어 집 안으로 들어간 길 하나가 물 마시고 마루 끝에 앉아 쉬다가 다시 논과 밭으로 길을 따라 들어갔다 누가 이고 가다가 넘어졌는지 노란 물감이 높은 논에서 낮은 논으로 흘러 논마다 공평하다 세상에 무슨 일로 저렇게 마을이 일일이 하나하나가 다 가을이란 말인가 가을이란 말은 누가 지은 말인가 해와 달과 바람이 머물고, 개구리와 비가 그곳으로 뛰어갔다 필시 지금 나는 꿈길을 가고 있다 생을 탓하랴 꿈인들 아쉬우랴 산그늘을 따라 산을 넘어 마을 안길로 간신히 내려온 묵은 길 하나가 누구네 집 대문간에 서서 뒤란 감나무를 보고 있다

3

올 때는,

저쪽이 서쪽이구나

마을을 걸어 나온 몇 개의 길이

바람만 바람만 바람을 따라 굽이굽이 모여들어 한길로 바다에 이르렀다

생각이 있어서, 차마 버릴 수 없는 생각들이 가슴까지 차올라서

그 말을 하려고 누구는, 그 누구도

바다로 나간 길까지 출렁출렁 생각을 채워 걸었을 것이다

우리나라 서쪽 바다 순한 파도가 철썩이며 들어왔다

뒷걸음질로 차르르 자갈 굴려 나가는 바닷가에는, 누가 앉아 있다

4

집에 왔다
내가 사는 집 뒤에는
깊은 밤이 달과 한집에 산다
겨울이 살다가 봄으로 나온다
내 집은 돌 많은
산 밑에 있다

아름다운 산책

하늘이 깨끗하였다
바람이 깨끗하였다
새소리가 깨끗하였다
달아나고 싶은
슬픈 이슬들이
내 몸에서 돋아났다

너무 멀리 가면 돌아올 수 없다

이슬 내린 풀밭을 걷다 뒤돌아보았다 이슬길이 나 있다
내 발등이 어제보다 무거워졌다
내가 디딘 발자국을 가만가만 되찾아 디뎌야 집에 닿을 수 있다

풀밭 위의 시간

남원 간이 휴게소

시들어가는 풀밭 가에 서 있다

귀뚜라미 울음소리가

명주 실낱 한 올같이

팽팽하게 줄을 친다

바람이 어느 지점을 튕겼는지

풀잎 끝으로 이슬이 돌아온다

풀밭 위의 시간

나도 떨리는 그림자를 가졌다

곧 다른 바람이

올 것이다

나비가 숨은 어린나무

잘 왔다
어제와 이어진
이 길 위에
검은 바위, 어린나무만이 나비를
숨겨준다
해야 바람아 흰 구름 떼야
내 자리를 찾아온 여러 날이 오늘이다
알 수는 없지만
어느, 고요에서 태어난 바람이 온다면
가벼이 날아오를 수 있다
기다려라 마음이 간 곳으로 손이 간다
검은 바위, 어린나무만이 나비를
숨겨둔다

봄날의 어떤 자세

피라미 떼가 물 위로 뛰어올라
하얀 배를 말린다
흙을 털고 나온 개구리가 뙬
모양을 그리며 앉아 있다
참나무가 버드나무를 바라보는
눈이 달라졌다
어둠을 물고 자던 뱁새가 어둠의 씨앗을
멀리 뱉는다
숲속을 들여다보다
깜짝 놀랐다

도리 없는 고양이의 봄

비다 봄비다
제법이다 비의 낯이 보인다
나의 새벽은 길 때도 있고,
금세 날이 새어 있을 때도 있다
그래, 그러니까 그것이, 글쎄 나 몰래
일어나는 일이라 나는 모르지
나는 남이 이루어놓은 나의 어둠을 이따금 바라본다
벌써 돌담 틈에 풀들이 돋아 자랐다 푸르다
빗방울이 들이치고 햇살이 들렀다 쉬어 가는
그곳은 흙이 반 순갈쯤 모여 사는 집이다
개구리 두 마리가 창문턱 바로 아래 작은 연못에서
정담을 주고받으며 화음을 조율 중이다 조용조용
검은 밤인데,
어쩌면 저렇게 헛기침도 없이
착실하게 음을 가다듬는지, 고요가 더 고요하다
개구리 우는 소리를 따라 나도
개굴 개애굴 개애애구울 다시 개굴, 박자를 맞춰가며
속으로 울어보다가 쉬는
사이, 어둠이 살고 있는, 그 사이에서 착해지는 나를

발견하였다

울다 쉬다 다시 우는 반복의

그 길고 짧은 간격과 고저의 폭에서

발생하는 버려질 소리들을 찾아다가 어떻게 저렇게 악으로 옮겨 가는지

그 작곡을 나는 모르겠다

이장네 닭이 마을 끝에서 운다 그 소리는

가버린 먼 나라에서 오는 아득한 소리, 비가 제법이다

연주는 달빛이 새는 구름까지 지휘봉으로 가져온다

창틀을 돌아다니며 개구리를 찾던

고양이가 창문턱에 앉아 어둠 속을 가만히

응시하고 있다

나는 순해진 고양이의 골똘한 뒷머리의 평화를 바라본다

또 운다 또 운다 저쪽이 그쪽에게 이편으로 운다

새벽에는 개구리 우는 지점이 분명치 않다

바람을 따라다니기도 한다

어둠이 약간 줄어들었다

개구리 우는 소리의 실마리를 잡았다

끝이 희다

음이 악이 되어 빗줄기를 감고 풀었다가 저편으로 바람이 분다

고개 돌려, 개굴개굴 또 개애굴 도리 없는

봄이다

슬픈 놀이

별들이 구름 속으로 들어갔다 나왔다 도로 들어간다
그것은 때로 즐거운 장난, 일과 슬픈 놀이,
별들은 파란 하늘과 같이 온다 그리고 또 덮는다
내가 버린 시간 속에서 걸어 나왔다

꽃도 안 들고

서쪽으로 걸어간다
오늘은 어제의 경계를 넘어보았다
내 몸이 갠다
내 뒤의 발소리를 벗어두었다
풀잎들은 별을 따 올
저녁 이슬을 달고
내 고요는 멀리서 깜박이는
별 가까이 갔다
오늘이 이렇게 난생처음인데
그대에게 줄
꽃도 안 들고

달이 식으면 어떻게 해요

물소리는 물이 잡고 있다
강가에는 물을 건너오라는 말이 없다
몸을 줄이지 못한 달이 식고 있다

어머니도 집에 안 계시는데

아버지, 날이 너무 가무네요 집에는 어머니도 안 계시는데 물새가 들깨밭 가에 앉아 울고 강물은 우리 집 마당에서 너무 멀어졌습니다 마른 잔디 끝, 배배 꼬인 마늘 속잎, 속 없는 봄배추, 현수네 텃밭 콩 새순 잘라 먹는 고라니, 피다가 만 홍수네 하지감자꽃 닷새, 호박 넝쿨은 기다가 말고, 마른 거미줄, 돋아난 해바라기 싹은 쓰고 나온 씨껍질도 안 벗네요 강물 쪽으로 휘어진 당숙모 허리. 바짝 마른 손의 방향, 날이 왜 이런다냐 비 오기는 진즉 글렀다 푸석거리는 하늘 봐라 안 울던 새 우네 물고기들은 어제보다 더 높이 뛰어오른다 어디, 비야 얼굴 좀 보자 아버지, 가문 날 마른 비가 뿌리고 지나가면 풀썩거리는 먼지를 뒤집어쓴 빗방울들을 보며 아이고, 간에 기별도 안 갔다고, 먼지도 재우지 못했다고 근심 어린 구름을 보며 어머니께 말씀하셨잖아요 적어도 간에 기별이 가야 말이 되고 그 말이 입으로 나와 싹이 되지요 천둥소리가 비를 몰고 산을 넘어올 줄 알았는데, 비냄새만 넘어왔네요 어머니도 집에 안 계시는데 어머니는 빗낯 든다며 장독을 덮고 밭에 나가셨지요 그러면 비가 와서 열무김치 간이 맞았습니다 그런데, 좀체로 비가 얼굴을 안 드네요 무슨 생각에 잠겨 있는지, 어디다가 얼굴을 숨겨두었는지, 당분간 비 소식은 없대요 내 말끝이 강을 향해 이리 간절하게 타들어갈 때가 없었어요

비와 혼자

강가 느티나무 아래 앉아
땅에 떨어진 죽은 나뭇가지를
툭툭 분질러 던지며 놀았다
소낙비가 쏟아졌다
커다란 가지 아래 서서
비를 피했다
양쪽 어깨가 젖어
몸의 자세를 이리저리 자꾸 바꾸었다
먼 산에도,
비가 그칠 때까지
비와 혼자였다

방랑

방에 가만히 누워 있다가
마루에 가만히 앉아 있다가
나무 밑에 가만히 서 있다가
강물을 가만히 바라본 후에
거리를 두고 산을 한번
넌지시 건너다보고는
방으로 가만히 들어와
조심스럽게 지구 위에 누웠다

심심해서 괴로울 때

나는 산골 강마을에 산다
하루 종일 산하고 강물하고 마주 앉아 있으면
나무도 돌하고 심심하다 하루 종일, 굉장하게, 정말, 너무너무 심심해서
노란 느티나무 잎들이 바람에 날려 강물로 우수수 내릴 때는
내가 어떻게 살아야 할지 괴로워져서 정말 괴로워질 때가 있다

그래서 나는 이따금
사람이 살지 않은 서쪽 밤나무 숲으로
정의로운 바람을 맞이하러 걸어가보기도 한다

지금이 그때다

모든 것은
제때다
해가 그렇고, 달이 그렇고
방금 지나간 바람이,
지금 온 사랑이 그렇다
그럼으로 다 그렇게 되었다
생각해보라 살아오면서
피할 수 있었던 것이 있었던가
진리는 나중의 일이다
운명은 거기 서 있다
지금이다

나의 현실은 직접 빛나요

나는 바람도 남은 걸 받는답니다
바람 불어 새어 든 햇볕이면 됩니다
세상을 안 봐도 되지만,
조금만 비켜주실래요
내 현실은, 직접 빛나요
지금은 반 잎 그늘도
걷어낼래요
내 이웃은 꽃다지와 저만치 냉이구요
이따금 흰 구름이지만,
나는 철학에 없어요
봄을 맞이하지요

내 소식은 두고 가세요

나는 꽃이
봉오리입니다
한 장 한 장 울기 싫어요
그런데 다섯 장으로 보여요
숨 쉬기 좋은
그늘이 좋답니다
길 건너 햇빛은 눈이 시어요
눈가가 젖어야
눈 떠져요
새하얀 색이랍니다
파리해졌다가 저절로 분홍이 와요 하루 이틀 사흘 나흘 지나면
파르르 연보라로 번지면서 이레 여드레 아흐레 열흘 연분홍으로 테두리가 지워져가요
건너뛰면 사이가
아파요
아플 때 그늘에서 색이 와요
나비를 따라간 꽃잎이 있어서
산을 생각하며

소쩍새가 울 때가 되었지, 하면 그때 운답니다
사랑하고 싶어요
내 소식은 두고 가세요
가랑비가 오네요
이슬빈가요?
당신은 등이 우네요
등 뒤에 서 있답니다
돌아보면
구름 속에 해 지고
그땐 없어요

이 詩를 드려요

속 날개가
날려요
눈 감았지요
어디서 본 듯
처음이네요
나는 먼 데서 왔어요
안아주세요
입 맞추어주세요
눈 떠 나를 봐요
나를 바라봐요
숨이 멎을 것 같아요
나는
속 날개를 접고
두 눈이 감겼답니다

나는 정지에서 풀려났다

축축한 구름이 해를 가릴 때

갓난아기 집게손가락만 한 꽃뱀이

담쟁이넝쿨 기어가는

오래된 돌담을 '이러어케' 넘어다보았어

그 위로 하얀 나비가 나풀나풀 담을 넘었어

구름들이 몰려오자

작은 연못 속에 올챙이들이 놀라서

꼬물꼬물 푸른 이끼 속으로 숨고

비닐 구멍을 찾아낸 참깨 머리가 보였어

빗방울이 떨어질 줄 알았는데

하늘은 해를 낳았어

환한 날이 되었네,

내가 그렇게 혼잣말을 했지, 그러자

정지된 것들이 일시에 풀리듯이

새소리가 들렸어

나는 바람 부는

나뭇가지가 좋아

해를 흘리니까

일어설 수 있는 길

오래된 길들은 외로움을 견디는 법을 알고 있다
그것은 지금 내가 꿈꾸는 모습
아버지와 내가 앞서거니 뒤서거니 디뎠던 발자국이
햇살 속 바위에 벽화처럼 짐의 무게로 희게 남아 있다
돌들은 자국을 쉽게 지우지 않는다
아버지의 길은 나의 현실이 되어간다
홀로 걷는 산길, 아버지의 외로운 발걸음은 지금 보아도 외수가 없다
나무와 나무 사이를 지나다니는 족제비와 바위 굴 속 다람쥐
낙엽이 쌓여 썩은 바위틈이나 나무 밑동, 바람이 지나가고
햇살이 들었다가 금세 사라지고, 빗물이 고였다가 마르고,
눈이 쌓여 있다가 녹던 곳
마른 나뭇잎 뒤 축축한 곳이 발 많은 곤충들의 집이다
새들이 날아가는 나뭇가지 사이,
별들이 바스락거리며 지나다니는 그곳
내가 꿈을 꾸는 곳, 보행자의 길

거센 바람에 휘어졌다가 일어서는
힘으로 이기고 선 눈 매운 나뭇가지들처럼
눈을 씻고 다음 발길을 옮긴다
잊은 다음을 잊어야 다음이다
토끼와 노루와 수꿩이 앞서 지나간 길
보폭이 보인다
쓰러진 풀잎을 뛰어넘고 어린나무를 비켜 돌아간 긍정의 길
나뭇가지에 얹혔다가 자유를 누리며 다시 떨어지는 수긍의 눈송이들, 그것은
제자리로 돌아가는 내가 꿈꾸는 모습
다람쥐가 바위를 딛고 다음 바위를 딛는 믿음
작은 벌레들이 마른 참나무 잎을 넘어가는 소리
돌들이 없다면 어둠은 어디서 오고
물고기들은 어디다가 정든 집을 지을까
나는 아버지의 아들이 되어간다

침묵의 유리 벽

나비는 하루 종일 난다
비명도 절규도 삼켜버린 유리 벽 속 침묵의 거리
어쩌자고, 나비는 사람들이 버린 바람 속으로 날아왔을까
바람에 말려 접어놓은 흰 빨래 위에 앉고 싶다
고개 드는 마루 바람이 이는 집일 테니까
날개를 헐 수 없는 나비는 절대의 균형을 잃을까 두려워
오늘도 번쩍이는 거대한 유리 벽을 날아오른다

아슬아슬 가을

귀뚜라미 울음소리를 따라가다가
길이 끊겨서 돌아왔습니다
가을 나비들이 한쪽 날개를 헐어 균형을 잡아갑니다
날개를 펼 때 바람을 이용하지 않은 나비들은
날개를 다 버릴 소실점이 어디인지 알고 있답니다
마른 풀들의 휘어진 고단한 등을 보고 서 있었습니다
내 손이 내 손을 더듬어 잡았습니다
구름들이 몸을 다 말린 후
산을 넘어가는 것을 보았습니다.
그대가 그만큼에 서 있거나 내게 오지 않아도
식지 않을 간격만큼 단풍 물은 옮아갑니다
나뭇잎을 주워 뒤집어보았습니다
가을에는 이별해도 소용없습니다
그쪽 강가에는 지금 혹시
울고 있는 사람들이 있나요

그 어떤 이전의 풍경

산에서 구름이 내려왔습니다.
뱁새들은 위기의 소란을 따로 모읍니다.
엎드려 잔 대나무 등은 젖어 있고
날개로 우는 귀뚜라미 입은 말라붙었습니다.
가을비는 믿지 못한답니다.
산이 허리를 펴는 시간이 따로 있습니다.
반딧불이들은 풀잎 잔등으로
흐르는 이슬들을
비뚤어진 입으로 받아먹고 반짝입니다.
나의 나비는 끝내
강에 이르지 못하였습니다.

기분 좋은 내 손의 가을

산골 우리 집은 모두 다 가을,
시집이 배달되었다
장수진 시집 『사랑은 우르르 꿀꿀』
김이듬 시집 『표류하는 흑발』
이병률 시집 『바다는 잘 있습니다』
세사르 바예호의 『오늘처럼 인생이 싫었던 날은』이다
이리저리 표지를 보다가
창문 넘어온 바람처럼 하르르르 책장을 넘겨도 보다가
번갈아 들었다 놨다 하다가
여기저기 뒤적여 들여다본다
단풍 물든 산, 강물에는 먼 나라에서 돌아온 오리들이
놀고
설레고 벅차서 출렁이며 반짝이는 내 영혼들,
기분 좋은 내 손을 들여다본다
책을 머리맡에 놓고 불을 껐다
강을 건너온 달이
시집에 도착할 시간이다
시집 위를 달은 지나가고
귀뚜라미들은 울음을 모아

안전하게 저장할 것이다
잠들기 전에 손을 뻗어
시집들을 한 번 더 만져보았다
누구도 건들 수 없는 시가 있다
아직 읽지 않은 시집 곁에서
잔다
'어쩐지 잠이 활발한 웃음처럼 환하고 깨끗하네'라고
혼잣말을 하면서, 기분 좋게
나는 반듯하게

내 눈에 보이는 것들

누구도 불행하게 하지 않을 마른 낙엽 같은 슬픔

누구를 미워한 적이 없었을 것 같은 새들의 얼굴에 고요

누구의 행복도 깔보지 않았을, 강물을 건너가는 한 줄기 바람

한 번쯤은 강물의 끝까지 따라가봤을 저 무료한 강가의 검은 바위들

모은 생각들을 내다 버리고 서쪽 산에 걸린 뜬구름

그것들이 오늘 내 눈에 보이던 날이었다

눈 오는 강에 나가 서는 날에는

눈보라 속에
나무들이 서 있다
등에 눈이 쌓인다
강물 속에 앉아 있는 바위들은 눈을 받아 머리에 쌓고
흰 도화지 같은 눈보라 속을 찾아온 새들이
눈 위로 나온 마른 풀대에 모여들어 풀씨를 쪼아대다
눈 속에 빠진다
그것은 모두 배고픈 하얀 그림
새들을 불러야 할까 말까 주머니 속
쌀을 만지작거리다가
눈 속에 발등을 묻으며 눈 오는 강에 가면
눈 날리는 강에 나가 서는 날에는
나는 그것이 번민이어서
휘어지는 등에는 눈이 쌓이고
그것은 또 사랑이어서
눈 오는 강에 나가 서 있는 날에는
그런 날 밤에는
내가 자는 방 처마 끝에서
고드름들이 길어지고

마루에 쌓인 눈에는 사람이 살고 있는 마을을
찾아온 새들의 희미한 발자국들이
어지러웠다

바람을 달래는 강물 소리

며칠 동안 눈이 왔다
나는 창밖으로 눈보라 치는
강을 보며 지냈다
눈이 녹고 강 길이 터졌다
강을 따라 내려갔다
내가 걸어가는 쪽이 남쪽이어서
가슴이 따뜻해져왔다
오늘은 되었다 싶을 때까지 갔다
집에 올 때는 강물을 거스른다
내 등은 양지, 등이 따사로워졌다
돌아서서 멀리 휘도는
강물을 바라보았다 떠나가는
바람을 달래는 강물 소리,
내 발길이 하염없어졌다
내 등에서 눈 허물어지는
소리가 강을 건너왔다

사람들이 버린 시간

사람들이 버린 시간 속에 산다
담요로 무릎을 덮고
강 쪽으로 앉아 시를 읽는다
지붕에는 눈이 쌓이고
눈을 안고 물속으로
가라앉는 돌이 되어

기적

아무렇지도 않은 것들이 아무런 것이 될 때
그때 기쁘다 그리고 다시 아무것도 아닌 것으로
돌아갈 때 편안하다 가까스로 산을 굴러 내려온 돌들이
강물에 몸을 담글 때 그것은 내 몸에서
물결이 시작되는 기적이었다

양식이네 집 마당

아침에도 마을 눈길을 냈다
딸네 집에 간 종우 어머니 집도
마당을 지나 현관까지 길을 내두었다
현수네 집 휠체어 오르내리는 길도 내어주고
이장네 차 타러 나가는 길도 내주고
양식이네 마당 앞에서 길을 멈추었다
밤새워 눈보라가 휘몰아쳤으니
오늘은 꼼짝 말고 집에서 시를 쓰라고
길을 내지 않았다
양식이네 집은 마을 제일 끝 집이다
마을의 어떤 부분으로, 오랫동안 혼자 산다
양식이도 내 마음을 알 것이다
쭈그려 앉아 책을 읽고
양식이는 외로운 시를 쓴다

하루의 강가에 이른 나무

종일 나무였을 나무가
나무가 되어 강가에 섰다
스스로 도달한 운명처럼
때맞춰 강가에 도착한 어둠처럼
나무는, 나무라는 말을
처음 듣던 그날
그때처럼 하루의 결론을 믿는다

눈이 쌓인다 다음 문장으로 가자

눈발이 날린다 각은 45도,
자크 프레베르의 『절망이 벤치에 앉아 있다』를 읽는다
시집의 첫 페이지 첫 행을 읽을 때
내 영혼은 새 떠난 나뭇가지처럼 떨린다.
어느 곳에 눈을 주면
그곳에서 바람이 일어나는 것처럼,
눈을 뜨는 축복이다
앞 강 얼음 금 가는 소리가 들린다
쩌렁쩌렁 산이 운다 산은 금 가는 것이 싫은 것이다
눈 맞는 나무, 눈을 가져오는 바람, 사이를 열어주는 풀잎,
나는 강에서 오는 바람을 좋아한다
시집 속에 손을 집어넣어 바람을 만진다
부드럽고도 따스하구나 언 내 손끝이 녹고,
창가에 앉아 딸도 시를 읽는다
딸도 시를 읽을 때
나처럼 참을 수 없는 영혼의 빛들이
산에 부딪쳐 튈 것이다
내 딸도 시의 첫눈으로

본 사물이 금 가고 부서지는
섬광 같은 빛을 보았을 텐데,
그것이 시인의 첫길이었는데
겁 없이 강물로 달려드는
눈보라 속에 서 있는 나무들아
첫 문장에 오래 머물러 내 등에
눈이 쌓이는구나
평행을 이루려는 눈발의 각도를 잡아다닌다
눈이 쌓인다 다음 문장으로 가자

꿈을 생시로 잇다

달빛으로 시를 썼다
달빛이 견디기 힘들면 가만가만 집을 나와
달이 내려준 산그늘까지 걸어가
생각을 접어주고
발자국을 거두며 돌아왔다
가난하고 가난하여서
하나하나가 일일이 다 귀찮지 않았다
꿈속에서도 시를 쓰다 잠이 깨면
연필이 손에 꼭 쥐어져 있어서
꿈을 생시로 잇기도 하였다

언젠가 보았던 그 별

새벽이다 현관을 나섰다 바람이다 내 몸이 바람에게 다정하다 디딤돌을 하나씩 디디며 가만가만 걸었다 물소리다 멈추어 서서 물소리에, 가만히 서 있었다 내 세상에서 가장 낮다 어둠 속에 서 있다는 것이, 이리도 가만히 아름답구나 강물은, 보이지 않는다 고개를 들었다 검은 산머리에 마음을 다 울고 난 별 하나가 깨끗하다 언젠가 보았던 그 별이다 내 손이 마음에서 나와 가만히 강물을 건너 산의 이마로 다가간다

나는 이 바람을 안다

개구리 울음소리들이 바람 속에 있다 그쪽이 강이다
새소리 물소리 앞산에 참나무 마른 잎 부딪치는 소리
어두운 밤 마당에 지푸라기 끌려가는 소리 뒤란에서 감잎 떨어지는 소리는
바람이 실어다 준다 나에게는
그런 바람이 있다 나는 이 바람을 안다
바람이 실어 오는 개구리 울음소리는 아득하다 그런데 아련하여,
그러면서 내 손목을 잡았다

그 계절의 끝

감의 얼굴이 나타나요
안 가면 안 되나요
꾀꼬리 울음소리가 멀어져가요
나는 아직도
당신에게 줄 것이 많이 남아 있어요

세상에 내가 있음을 잊지 말아요

당신이 서 있는 그 나무는 살구나무랍니다

오늘은 뭐 하나요 고운 하늘 아래에서 당신은 어느 하늘로 서 있나요

나뭇잎은 다 피었습니다 무슨 꽃을 보나요

바람을 보고 해를 불러서 어디로 발길을 옮기나요

몇 가닥 머릿결이 이마로 내려와 해그늘을 만드네요

아이들 노는 소리가 먼 데서 들려옵니다

새가 어디로 날아가는지 오래 바라보고 있으면 하늘이 멀리 열려요

나는 그 하늘을 따라 그대에게 갔답니다

고요를 흔드는 바람같이 이쪽 나무에서 저쪽 나무 잎새로 나는 건너서, 가요

흔들리는 나뭇잎 사이로 새어 든 햇살이 내 얼굴을 어른거리면

나뭇가지들을 가져다가 제자리에 가만히 놓아주고 구름이 지나간 하늘을 올려다봅니다

냉정과 우아를 알지만, 말하자면 사실, 바람은 디딜 발이 없어서 소리가 안 난답니다

비밀을 버린 당신 손에 한들한들 끈 가는 샌들이 들려 있네요

알고 있겠지만, 발뒤꿈치도 땅에 닿았습니다
지금 당신이 서 있는 그 나무는 살구나무랍니다
뭐, 꽃이 그리 중한가요

시인은 '다음 문장'으로 간다

신용목
(시인)

'겨울'을 만드는 시

이렇게 말해볼까. 하나의 계절이 시작되었다고. 그것은 봄이어도 또 여름이어도 상관없지만, 지금은 겨울. 눈이 내리고, 우리는 하얗게 쌓인 눈을 뭉쳐 눈사람을 만든다. 어쩌면 가을, 그것이 낙엽이어도 이야기는 달라지지 않는다. 노란 해의 은행잎 혹은 타는 손의 단풍을 책갈피에 꽂는 마음. 우리는 그렇게 시를 썼다. 시린 손을 호호 불며, 하얗게 부서진 하늘의 조각들을 굴려 몸통을 만들고, 다시 그 위에 둥근 머리를 올렸다. 눈사람. 아니 잠자리 날개로 바스라지는 낙엽이어도 상관없을, 그런 것.

그리고 불현듯 눈보라가 되어 휘몰아친다. 눈사람의 몸이 너무 비좁아 수류탄을 입속에 넣고 깨무는 시절이 있다. 세계를 깡그리 지우고픈 마음이 있어서 한 시야를 다 메우며 달려가 빈 나뭇가지나 늘어진 전깃줄을 붙들고라도 울어야 하는 때. 어둠이 폐가처럼 부서진 가로등 아래에서 밤의 얼굴을 음각으로 뭉개며 소용없는 것들을 찾고 또 소용없는 것들을 만들며, 우리에게 찾아온 계절의 중력을 끝없이 밀어내는 시들. 문을 열면 끝내 집으로 들지 못한 눈발이 동사한 제 몸을 서릿발로 펼쳐 놓는다.

그러나 여기까지. 아침은 오고 지붕에서 창문에서 눈사람의 마당에서 마지막 글썽임을 남긴 채 흰빛들은 사라진다.

우리의 시는 그랬다. 눈사람의 차가운 심장에 가닿고픈 소망과 눈보라의 몸으로 부서지고픈 열망이 밤의 왕국을 세우고 또 무너뜨린다. 그러나 그 흥망성쇠의 어둠이 걷히면 어김없이 쨍한 슬픔 속에 덩그러니 남겨진 생활을 만난다.

어떤 위안이 있어 희망을 말하기는 쉽다. 어떤 대결도 없이 절망에 가닿기는 쉽다. 그러나 알게 된다. 위안도 대결도 모두 지나간 자리에 남는 것은, 희망과 절망의 자리 아래 말갛게 고이는 생활이라는 것. 이렇게 말할 수 있다. 우리는 눈사람을 사랑할 수 있지만 눈사람과 밥을 먹을 수 없고, 눈보라처럼 내달릴 수 있지만 눈보라를 껴안고 잠들 수 없다. 그러나 우리는 겨울 속에서, 겨울과 함께 살아가야 하는 존재들. 이 시집에 실린 시들이 '눈사람'을 굴리거나 '눈보라'가 되는 게 아니라 '겨울'을 창조한다고 말하는 이유는 여기에 있다. 군불을 지피고 밥을 짓고 지직거리는 형광등 아래에서 묵은 김치를 꺼내다 문득 창에 핀 눈꽃을 바라보는 순간으로도 한 세계를 지우고 또 한 세계를 들이는 신비가 이 시집 속에는 있는 것이다.

부연이 필요하다. 눈사람을 만드는 시라면 어렵지 않게 납득이 갈 것이고, 눈보라처럼 몰아치는 시도 자주 보았으나, 겨울을 만드는 시라고 하면 왠지 선문답 같으니까. 다시 말하지만, 가을이어도 봄과 여름이어도 상관없다. 다만 눈사람과 눈보라, 그 모두가 머물고 또 떠나도 좋은 어떤 순간들이 있다면, 그 순간을 현현하는 것이 바로 계절의 건축술일 것이다. 내 어두운 눈이 그 비밀을 다 들출 수는 없겠지만, 뻔한 독서로도 실감할 수 있었던 몇몇 부분을 독후감으로 남길 수는 있을 것이다. '눈사람을 굴리는 시'와 '눈보라가 된 시'에 익숙했던 나에게, '겨울을 펼쳐 보인 시'가 가진 일단 같은 것 말이다.

누구의 목소리인가

우선은 '화자'이다. 이 시집을 읽다 보면 문득 이게 누구의 목소리인지 종잡을 수 없는 순간을 맞게 된다. 그것을 두고 보편적 화자라고 말할 수도 있을 텐데, 일반적으로 시에서 화자의 보편성은 그다지 환영받지 못한다. 자신만의 목소리가 선명할수록 세상을 더 예리하게 간파할 수 있을 테니까. 개성을 중요시하는 장르적 특성상 이는 오히려 단점으로 작용할 공산이 크다. 그러나 어디까지나 자신을 세계와 일치시키려는 천진한 욕망을 그대로 드러내는 보통의 경우일 뿐, 적어도 이 시들의 목소리는 화자의 특수성이 지워진 상태로서의 '보편성'이 아니라 화자의 특수성이 그 근원에 다다랐을 때 비로소 얻게 되는 '확장성'을 보여주기 때문에 전혀 다르다.

하늘은 해를 낳았어//환한 날이 되었네,//내가 그렇게 혼잣말을 했지, 그러자//정지된 것들이 일시에 풀리듯이//새소리가 들렸어//나는 바람 부는//나뭇가지가 좋아//해를 흘리니까

—「나는 정지에서 풀려났다」 부분

물소리는 물이 잡고 있다
강가에는 물을 건너오라는 말이 없다
몸을 줄이지 못한 달이 식고 있다

—「달이 식으면 어떻게 해요」 전문

앞의 시의 목소리는 '해를 낳았다'는 천진한 상상력 때문에 아이의 것처럼 느껴진다. 이어지는 '혼잣말을 했다'도 아이의 것이라 해서 크게 잘못될 일은 없다. 하지만 '내가 그렇게' 혼잣말을 했다고 할 때의 중첩된 자기 확인은 조금 다른 느낌을 준다. 자신을 반추하는 자가 가진 모종의 고립감 또는 고독감 때문에 그 목소리로부터 더는 아이를 떠올리기 어려워지는 것이다. 그리고 '해를 흘리는 나뭇가지'와 바람, 마치 맥을 놓은 듯 '좋아'라고 말하는 데서 느껴지는 상실의 감각에 이르고 나면, 이 목소리는 도무지 남성의 것인지 여성의 것인지 모를 색채를 띠게 된다. 그러나 이는 무성(無性)의 어떤 것이라기보다는 범성(凡性)에 가깝다고 해야 한다. 그때, 화자의 기본 상태였던 '정지'는 말 그대로 정지(停止)이기도 하지만, 화자의 목소리 나아가 화자의 세계를 결정하는 세계의 모든 '규정'이 만들어낸 고체적 상태처럼 느껴지기도 하니까 말이다.

이로 인해 "그것은 때로 즐거운 장난, 일과 슬픈 놀이,"(「슬픈 놀이」)라는 다면체적 인식이 가능할 것이다. 화자의 특수성을 삭제함으로써 얻게 되는 일반적인 보편성으로는 불가능한, 수많은 필연성을 시간 속에 쟁여 놓은 자의 몸에서 흘러나오는 목소리. 이 시들이 자신의 목소리를 수없이 갈라내도 한 치의 어긋남 없이 일인칭의 경로를 밟아갈 수 있는 저력은 여기에 있을 것이다.

즉, 그것은 뒤에 인용한 시에서 보이는 '물이 잡고 있는 물소리'("물소리는 물이 잡고 있다")인 것이다. 그래서 이 시의 마지막 구절에서 "몸을 줄이지 못한 달이 식고 있다"라고 할 때, '건너오라는 말'의 부재로 인한 이 기이한 참극은 순식간에 덮쳐오는 무엇이기보다는 세계의 우연한 고요 속에 오랫동안 침잠해 있는 운명과도 다르지 않다. 모두 들어 있지만 맑게 비어 있는 진실 같은 것. 마치 하나의 계절 앞에 선 것처럼, 저 깊고 어두운 역사 전부를 끌어오지 않고서는 정제할 수 없는 고요가 이 목소리 속에는 있다.

무엇을 이야기하나

다음은 이 시들이 다루는 대상인데, 알다시피 시적 대상은 비유법의 차원에서 그 시인의 시적 방법론을 드러내는 지표가 되기도 한다. 시인 앞에 도달한 대상이 어떤 언어를 통해 구체화되는가의 문제. 이를 따지기 위해 이 시집을 펼치면 역시 조금 난감해진다. 이런 시들 때문이다.

우리 집 서쪽 하늘로 달이 가고 있다 그 속에, 별도 데려

간다 별들은 하늘에서, 어느 날은 다르고 어느 날은 또 다르다 나는 그 다른 날들의 별을 바라보며 무엇인가를 추억해내 행복해하고, 무엇인가를 기억해내놓고 개구리처럼 멀리 뛰며 괴로워한다

—「아침 별」 부분

기왕에 '하늘'과 '달'과 '별'이 등장하니 자연을 중심 소재를 다뤄온 오랜 시적 전통에 힘입어 그 변주 과정을 말할 수 있을 것이다. 그런데 그 소재들을 맞세우는 자리, 곧 변주가 일어나는 순간과 그것을 가능케 하는 요인들의 자리가 비어 있다. 소재라는 것이 으레 그렇듯 '하늘'이나 '달'과 '별'이 이 시가 말하고자 하는 바는 아니다. 그것들이 무엇을 위해 호출되었고 어떻게 다뤄지는지가 시의 몸을 이룬다. 이 시를 파악함에 있어서 '다르다'는 말의 반복과 그것을 견인하는 '어느 날', 그리고 '추억'과 '기억'을 불러내는 '무엇인가'가 더 긴요한 이유이다. 그런데 '어느 날'은 말 그대로 '어느 날'로, '무엇인가'는 또 그대로 '무엇인가'로 드러날 뿐, 그 실체는 이 모호하고 아련한 불특정성 뒤로 멀리 물러나 있다.

우리는 대체로 구체성을 상실한 시들에 대해 너그럽지 못하다. 거기에는 체험의 특수성을 통해 확인되는 세

계의 불가능성보다는 인식의 종합이 만들어내는 현실의 가능성이 있을 뿐이니까. 현실을 하나로 얼버무려 익히 아는 것 속에 포함시키는 과정이라면 인생에 덧씌운 숱한 감상들만큼이나 뻔하다고 할 만하다. 이를테면 저 자연을 향한 감상이 인생을 순리 속에 함몰시키는 것과 같은 이치. 그렇지만 역시 모두 그렇다고 말할 수는 없다. 어떤 언어는 무언가를 지운 자국만으로도 세계 뒤편을 두드리는 기묘한 예감들을 실어 나르기도 한다. 이 시집에 와서 그것은 '예외적'이라기보다는 '전향적'이라고 할 만큼 언어의 차원을 돌려놓는다. 꽉 채워서 넘치는 게 아니라 텅 비워서 날아가게 하는 방식. 이를 확인하려면 그저 따라 읽을 수밖에 없다.

'어느 날' '무엇인가'로 인하여 "개구리처럼 멀리 뛰며 괴로워한다"라고 할 때 이상한 일이 벌어지고 있다는 것을 눈치챌 것이다. '어느 날'과 '무엇인가'가 가진 모호성이 읽는 이의 체험과 그 구체성을 통해 순식간에 메워지기 때문이다. 이 기묘함에 대해 방법론적으로 말하라면 '개구리의 멀리 뜀'과 '괴로움'의 느닷없는 연결이 만드는 효과라고밖에 할 수 없다. 그러나 이로써, 읽는 이로 하여금 무심한 듯 등장한 '개구리'와 자기 자신을 포개놓게 하고, 또 그 포개짐으로부터 도리 없이 덮쳐오는 비애의 감각을 다 설명할 수는 없다. 정작 기묘한 일은 이 평이한 문장이 끝난 다음에 일어난다. 마치 개구리의 뒷다리에 묶어놓은 것처럼 아주 긴 시간이 함께 뛰고 있는 것이다. 바로 우리가 버린 시간("사람들이 버린 시간 속에 산다", 「사람들이 버린 시간」) 같은 것들 말이다. 그러니 이 시들이 가리키는 대상의 자리는 "모든 생각들을 내다 버리고 서쪽 산에 걸린 뜬구름"(「내 눈에 보이는 것들」)처럼 비어 있는 듯하지만, 각자가 바라보는 무수한 대상으로 대체되고 있으며, 그런 의미에서 읽는 이들의 구체적 경험으로 꽉 차기를 매번 성공하고 있는 것이다.

어떤 세계를 사나

거창하게 '시 세계'를 말하려는 것은 아니지만, '확장된 화자'가 '모호한 대상'을 말하는 시는 과연 어떤 세계를 만들까? 이런 질문에 관해서라면 시집 어디를 펼쳐도 좋겠으나 나는 유독 이 시 앞에 오래 머물렀다.

> 교회당 종소리가 다섯번째 울리면
> 나는 사과밭으로 달려갈 거예요
> 그 종소리가 끝나기 전에
> 사과밭 셋째 줄 여섯번째 나무 아래 서 있을래요
> 오세요
> 종을 여섯 번만 치고

그 종소리가 끝나기 전에

나비는 얼마나 먼 데서 달려오다가 날개를 달고 날아올랐을까요

—「나비가 날아오르는 시간」 전문

시를 읽고, 다섯번째 종소리와 여섯번째 종소리의 의미에 대해, 사과밭 셋째 줄과 여섯번째 나무의 의미에 대해 골몰하는 이들도 있을 것이다. 그런 노고가 시에 접근하는 새로운 길을 찾아내고 시가 언어 뒤에 숨긴 비밀을 밝혀낸다. 하지만 어떤 시어의 의미는 음운 형상 속에서 잠시 자신의 실마리를 남기고는 이내 멀어지기도 한다. 결정된 의미로부터 해방된 시어들은 언어의 가장 순수한 차원으로 돌아가 희미하지만 무한한 가능성 속으로 자신을 내던진다.

기표들이 텅 비어 있어서 꽉 차기도 하는 것이라면, 꽉 차 있는 것들을 텅 빈 자리로 만드는 것도 불가능하진 않을 것이다. 여기서는 셋과 다섯과 여섯이 그러한데, 이러한 서수들은 첫째나 두번째, 일곱째 등 나머지를 밀어내거나 삭제하기보다는 오히려 그보다 더 많은 서수를 상기시킨다는 점에서, 또 그것들이 무람 없이 들락거리게 한다는 점에서 비어 있는 자리인 셈이다. 같은 이유로, '몇번째'라는 서수로 지정된 시공간은 우연을 펼쳐 운명

을 받아내는 '어느'나 '무엇'으로 바꿔 읽어도 크게 잘못될 일은 없다. 이를테면 저 자리는 일종의 윤곽이며 미지 속으로 사라지는 이미지를 담고 있을 뿐이다.

이때, 이 시의 결정적인 이미지. 시공간을 가득 메우면서 그 시공간의 경계를 보여주는 것은 '종소리'이다. 종소리의 세계. 마치 종소리를 하나씩 매단 것처럼 사과를 달고 있는 사과밭의 세계. 자신을 기다리는 사람을 향해 자신이 친 종소리 속을 걸어가는 사람의 모습. 이 세계의 현현을 종소리 속에 모조리 녹여놓고 종소리가 되어 걸어오는 사람을 사과나무에 매달린 빨간 종이 되어 기다리는 저 광경 속에, 이 세계의 전부가 들어 있지 않다고 말할 자신이 나는 없다.

여기서 우리는 이 시집 속을 날아다니는 나비의 실체를 만난다. 종소리 자체라고 해도 좋을 그것은 그저 여기에 있는 것 같지만, 아주 '먼 데서 달려오다가' 비로소 '날개를 달고 날아오른다'. 텅 빈 공중을 끝내 가득 메우는 것이 나비라면, 그 힘은 저 '달려옴'에 있다고 할 것이다. 이를테면 그것은 대개 거장(巨匠)으로 불리는 이들의 작업에서 자주 목격하게 되는 '승화' '구원' '초극'이라기보다는 여전한 '응전'이다. 그래서 "나의 나비는 끝내/강에 이르지 못하였습니다"(「그 어떤 이전의 풍경」)나 "물 위를 걷는 말은 아직 내게 오지 않았다"(「지나간 것들은 이해되어 사라져간다」)는 고백을 통해서도 확인되는바, 이 시집이 만들어낸 세계는 먼 시간의 다른 곳이 아닌 우리가 사는 지금 이곳에서 끓고 있는 것이다.

그러니 이 시들에 깃든 고요나 평온을 의심할 필요는 없다. 평이한 단어들의 연쇄가 만들어내는 신비. 그것은 눈에 보이는 눈사람과 눈보라가 아니라, 비록 눈에 보이지는 않지만 그 모두가 깃들 수 있는 겨울과 다르지 않을 것이다. 바로 우리의 현실로서 빛나고("내 현실은, 직접 빛나요", 「나의 현실은 직접 빛나요」) 있는 순간 말이다.

도달하지 않는 일의 아름다움

독후감을 시작하며 되도록 김용택의 작업에 대한 개인적 소회는 쓰지 않으려 했다. 결국 들킬 수밖에 없는 존경과 그에 따르는 찬사가 그의 시를 가까이 생활의 자리에 살게 하기보다는 멀리 기념의 자리로 진열되게 하는 일은, 그 의도와 무관하게 이 시들에게만큼은 부당한 처사라고 생각했다. 그럼에도 그의 시가 일상의 첨예한 지경을 찌르는 독보적인 장기를 통해 서정시의 국경을 넓히고 있다는 말을 보탤 수밖에 없다. 세계를 관조적인 시선으로 편하게 따라가는 듯하면서도 부지불식간 읽는 이로 하여금 이 세계의 핵과 맞닥뜨리게 만듦으로써 현실을 분열시키는 힘은 그의 작업이 아니면 부재할 것이다.

요컨대 이 시들이 끝내 자아와 세계 사이를 집요하게 꿰매거나 때로 갈라내는 질문이 되고야 마는 이유는, 시 바깥에서 시 속으로 자신의 그림자를 드리우는 세계의 실체를 한순간도 놓치지 않기 때문이다. 저 깊이 가라앉은 민중적 서사성을 전언 이전의 실감을 통해 일상의 순간으로 불러오는 일 말이다. 그런 의미에서, 이 시들은 여전히 청년의 것이면서 도전의 장르를 증언한다. 비밀을 알아버린 데에서 끝난 게 아니라 알게 된 비밀을 내려놓은 손으로 한들한들 샌들을 들고 가는 사람("비밀을 버린 당신 손에 한들한들 끈 가는 샌들이 들려 있네요", 「당신이 서 있는 그 나무는 살구나무랍니다」)의 시로서 말이다. 그것은 어떻게 가능한가?

> 이슬 내린 풀밭을 걷다 뒤돌아보았다 이슬길이 나 있다
> 내 발등이 어제보다 무거워졌다
> 내가 디딘 발자국을 가만가만 되찾아 디뎌야 집에 닿을 수 있다
>
> —「너무 멀리 가면 돌아올 수 없다」 전문

'내가 디딘 발자국을 가만가만 되찾아 디디는 것.' 그것이 또한 겨울을 창조하는 일과 다르지 않다고 나는 믿는다. 이 더듬거리는 귀가의 풍경에는, 아무것도 없는 듯하지만, 우리의 길이 전부 들어 있다. 영원히 씌어지고

있는 '다음 문장'처럼 말이다. ▨

눈이 쌓인다 다음 문장으로 가자

—「눈이 쌓인다 다음 문장으로 가자」 부분